文芸社セレクション

風の武蔵野

野路 ゆたか
NOJI Yutaka

文芸社

目次

（一） 転院

兄姉は既に独立していた、昭和四十一年の春の終わり、六十六歳になる父は、脳梗塞で旅立ち、家族は母と私だけになった。

四十九日の法要を終えた夜、何故か、母は父でなく、実母の話を始めた。

「昭和十二年の晦日少し前だったと記憶してるけど、雪が降る夕方にね、玄関から聞き慣れない声がしたの。ちょっと怖かったので、少し開けて、見てみたの。そうしたらね、五十がらみの小柄な女が『あなたの産みの親の『ジュン』です。どうか、許してください』と、頭を膝まで下げて、繰り返すの。

離婚の理由は、どうあっても、当時、十歳と七歳の兄と、五歳の私を置いて、黙って出て行った人よ。そのこと、ずっと根に持っていたので、思わずカッとなって、

『今さら何よ、あんたなんか、親でも何でもない。帰って、帰って。もう二度

と来ないで』

　そう言って、戸をぴしゃっと閉めて二階から、そっと見たの。そうしたらね、表札をじっと見てから、手を合わせて何か言って雪の中、何度も何度も振り返って、帰って行った。

　すぐ後に帰ってきた、お父さんに、そのこと話したら『何とも哀れな話だなあ。ぜひ、逢って話を聞いてあげなさい』と言った。それで、私、そうすることにして、興信所に居場所を探してもらった。でも分からず終いだった。何処で、どうしているかねえ。もう死んだかねえ」

　それから八年後、母が、

「お父さんの四十九日の夜、私の本当のお母さんが来たこと話したわよね。そのことだけど、ひょんなことから、お母さん、愛媛県の大洲にある『とみす山』の中腹にある、墓地に埋葬されていること知ったの。あの時、酷い言葉で追い帰したでしょ。それ、謝りたいの。だけど、四国は遠いし、行ったことがないから、ねえ、一緒に行って」

嫌と言ったら嫌よ、そんな表情で強請った。

母は、もうすぐ七十歳。今を逃せば墓参は無理だろう。そこで、一月後の盆休暇に行くことにした。

帰郷する家族や、レジャー客で混雑する駅、立つ人もいる新幹線、在来線を乗り継ぎ、猛暑の昼下がり、母は線香と花を手向け、ひとしきり、手を合わせていた。何か呟きながら。


このような過去を持つ母は、九十六歳になった、平成十五年の五月半ば、障害自立度3１、要介護１のうえ、以前からの心臓弁膜症が進行し、夜間でも騒音が響く、道路沿いの病院に入院した。三週間ほど経った頃、担当医の京子先生が、私を呼び、こう言った。

「うちの病院はベッド不足で、救急患者を受け入れられないほどです。それで、申し訳ないのですが、お母様は『緑の園病院』に、移って頂きたいのです」

事情が事情、納得し、病院の凡そを問うた。すると、安堵の表情になって、

「同じ、社会福祉法人で、医療療養型。西武線の秋津駅、武蔵野線の新秋津駅

からほど近い。施設は行き届き、スタッフの誰もが、患者ファースト」と言い、机の中から、案内書を取り出した。

母に告げると「どうせ俎上の鯉よ」と言いながらも了承した。だが、当日になると、嫌だ嫌だを連発し、布団を被る。困惑していると、京子先生が、おり良く最終診察に来た。すると母は「私、行きたくない。遠くて知らない、『緑なんとか病院』なんて嫌！　先生、お願い、ここにいさせて！」と、涙ながらに訴えた。

「そうしたいけど、ここはベッドが足りなくて入院できない人が、いっぱいいるの。手術が遅れると、亡くなる人だっているの。だから、病状が安定していて、それでも入院が必要な人は、系列の病院に移ってもらっているの。病院の方針なので、私にはどうすることもできないの、分かってちょうだい、ねっ。

今度の病院は、武蔵野の雑木林を吹き抜ける風が、とても心地好い所よ。そこで、療養すれば、すぐ良くなるわ。そうなったら、否が応でも退院よ。それまでの我慢、ねっ、機嫌直して、行ってちょうだい」

そう言って、握った両手を小さく振った。

転院して一月ほどすると、顔艶が良くなった。こうなると、生まれ持った我儘。

「リハビリしたって、もうこの歳だ、治りっこないよ。若い子に、やれやれって言われて『結んで開いて』、『お手々をブラブラブラ』なんて、冗談じゃないよ」と頑な。だが、病気は気にして「医者は、何て言ってる？」と、しつこい。

晴れた日は車椅子で、千五百坪もあるだろう庭を散歩する。母は、小花を部屋に飾ると数輪摘む。今日もそうして戻ると、先月の入院代金、十五万円強の請求書が枕元に。母の収入は、三人の兄姉から、それぞれ違う小遣いと、月二万円ほどの年金だけ。それだけでは賄えない。それを、茨城県・守谷に住む九歳上の長兄と、神奈川県・厚木に住む七歳上の次兄と、東京都・日野に住む三歳上の姉に話すと各々、五万円負担すると言い、母の「キーパーソン」を条件に、私の分は相殺するとも言った。

転院して半年経った頃から、母の口数が少なくなった。これは認知症の始まりかなあと思い、会話を多く取るようにした。そのようなある日、母が「デルが死んだ時、子供たち、どう思ったかねえ?」と、真顔で聞いてきた。

時は遡るが、美空ひばりが、横浜国際劇場でデビューする昭和二十三年、母は年始回りする父が、飲み潰れないようにと小学三年の姉を同行させた。それが成功し、ほぼ素面で戻った父は「母ちゃん、土産だよ」と、唐草模様の風呂敷包みを差し出した。「あら、めったにないこと」と破顔し、緩めの結び目を開けると、白地に黒の赤ちゃん犬が顔を出した。それが、ボーダーコリー種の「デル」である。

デルは芸をよくこなし、家族を和ませていたが、三年後、豊島園駅発の西武電車に轢かれ、右の二脚を失った。そのことについて、幼い私を除き、家族会議が開かれた。

デルは、登校する兄姉に横たわる身でありながら、懸命に尾を振った。しかし、それも数日、父と母が、安楽死を選択したのである。

母が言葉にした「デルが死んだ時、子供たち、どう思ったかねえ?」は、家族会議の決定を反故にした、それだと想像し、当時の経緯を問うメールを長兄、次兄、姉に送った。すると、往時の記憶が届いた。

長兄からのメール

「確かに、家族会議がありました。僕は二本脚が切断されても尚且つ、家族に尾を振るデルが哀れで、できるものなら生かしてやりたいと思いました。けれど、あの状態では却って可哀相かな、という感情もあったように思います。僕より弟が生かすことに熱心だったと記憶しています」

次兄からのメール

「家族会議は、轢かれた日ではなく、三日後だったと記憶しています。デルは、庭の右手にあった小屋の中で寝かされていましたが、時間が経つうち傷口が腐ってきて悪臭が漂うようになり、生かすか殺すかで、議論しました。結論はなかなか出なかったように思います。しかし雰囲気としては駄目だろうという感じでした。傷口が治ったとしても、二本の脚で健康に生きていけるかは大いに疑問でした。
私は生かす方に努力すべきだと主張しましたが、その点については心の中で疑問に思っていました。しかし、なんで俺を納得させた上で殺してくれなかったのだという、裏切られた気分の方が強かったように思います。心の中でも、こうせざるを得なかったの気持ちもありました」

姉からのメール
「轢かれた夜は生かそうと皆が思ったと思いますが、数日経つと、お腹に蛆がいっぱい湧いたのです。傷口も腐ってきたので、親たちの結論は飼いきれないと判断したのでしょうね。子供の判断には従えなかったのだろうと思います。学校から帰ったときはもう埋めてあり、こんもり土が高くなっていたのをはっきり覚えています。皆で、えんえん泣いたことも覚えています」

翌々日、母に読み聞かせると「分かってくれていたのね、でもやっぱり、話してからだったね」と、しんみり口調。

　十日後、今度は思いも寄らぬ「ねえ、お願い、もう一度、お母さんのお墓、連れてってよ」と言う。叶えてあげたいが、闘病中の今は無理。そこで、百円均一で買ったフレームに墓参したさい、撮った墓石の写真を入れ「これに拝みな」と手渡した。すると、

「ええー、これにかい？　ありがたいけど、これは病院にそぐわないよ。持って帰って、代わりに、板切れに戒名、筆で書いて持ってきてよ。金釘流で良いから」と、言った。


　このような日々から三年ほど経った頃、長兄から「お母さんが『家に帰りたい、家に帰りたい』と、行くたびに言う。何とかならないか？」との電話。

　それは寝耳に水、そこで次兄、姉、妻（注・道子）に問うた。すると、皆、聞いているとの返事。母は、私に言う前に外堀を埋めたのだろう。その方策は腹立たしいが、良い機会、担当医に退院の可能性を聞いた。すると「無理でしょうな」。ただそれだけ。

数か月経った頃、次兄からのメールには、こうあった。

「誰が諭したのか、『家に帰りたい、家に帰りたい』を、母が口にしなくなった。思い返せば、あの頃の母は、ちょっと寂しい、暗いイメージが感じられたが、今は上品に枯れてきた感がある。そして淡々と過ごしているように見える。そのことは今までの生活の記憶が薄れ、『ここが自分の本来の生活場所なのだ』と、いうことになったのではないか。

それが認知症の進行か、感情の表現力の更なる衰弱かは別にしても、ここでの生活感情が安定しているなら、それはそれで結構なことだ」

次兄から、メールがあった十日後、長兄から、次兄のメール「認知症の進行か」が、現実になったかと思わせるメールが届いた。

「久し振りに家族四人で母を見舞いました。声が小さくなったというのが、三人の感想でした。特に変わったことは感じませんでしたが、母が『お父さんが、いなくなって何の連絡もない』と、言いました」

翌日、母が長兄に話した、そのことを聞くと、

「お父さん、鉄砲玉みたいに出たきりで、三か月も連絡ないのだよ。女の所でも、何処でも、どうっていうことないけど、電話の一本もくれれば安心できるのだけど。子煩悩だったから、あんた等に、連絡あったのではない？　のりちゃん（注・長女）は、とっくに死んだって言ったけど」と、真顔で言った。

その不可思議な話に疑問を持ちつつ帰宅すると、後に見舞った姉から、電話が入った。

「お父さんの遺影、病院に持って来てよ。お母さん、お父さんが死んだの、知らないって、こないだも、今日も言うの。だから、見せて納得させたいの。昼間なのにキツネに、つままれたようよ」

三日後、姉から届いた、二人の兄と私へのメールには、

「弟が持ってきてくれた遺影を見せる前に、父も入る、宴会の集合写真を見せました。そうしましたら、父を除いた大半の人の名前を言いました。それなら

と期待して、遺影を見せました。ですが、いくら説明しても駄目でした。母の大脳はどうなっているのでしょう、見たいものです」

と、書かれていた。

翌日、姉が母に見せた遺影を再度、見せると「これ、姉ちゃんが昨日、見せてくれたよ。何でまた?」と、怪訝顔。そして「誰ですか、この人?」と、疑問顔。姉の言葉を借りるが、母の大脳はどうなっているのだろう?

三日後のその日は小春日和ではあったが、北風が強いので、車椅子での散歩は止め、棟を結ぶ通路で、ガラス越しの日光浴をさせた。その時、母は落語の「寿限無」を婦人会などで、よく演じていたのを思い出し、今でも話せるかと問うと「もちろんですよ」と『寿限無、寿限無、五劫の擦り切れ、海砂利水魚の水行末、雲来末、風来末、食う寝るところに住むところ、藪ら柑子のぶら柑子、パイポパイポパイポのシューリンガン、シューリンガンのグーリンダイ、グーリンダイのポンポンコピーのポンポコナの、長久命の長助』と、多少の淀みはあったが、言い通した。
　夫の死は忘れても、寿限無の名は憶えている。もう一度、姉の言葉を借りるが、母の大脳はどうなっているのだろう?

　そんなこんながあったが、転院して四年経った今日、五月五日は母の百歳の誕生日。そこで、長男と次男夫婦、姉と私は「おめでとう」を言いに行き、帰路、秋津駅近くの小料理屋で、母との昔日に花を咲かせた。その後、母の体調を互いに認識しておこうと、見舞った人は、その日の様子を、メールすることになった。

(二) メール

五月七日　姉から、二人の兄と私へのメール
「母の誕生日に約束したとおり、メールを送ります、舌足らずでしたら何なりと質問してください。百歳まで漕ぎつけることができ、ほっとしましたね。六時半から催し物があるので、ちょっと寄りました。母は睡眠中で、呼びかけても揺すっても起きないので、暫く寝顔を見て帰りました。言葉を交わさないと、行った気にならないものですね」

五月九日　私から、兄姉へメール
「夕食に合わせて行きました。誕生日の日よりはっきりしていて、私を見るなり『遅かったねえ』でした。食事は多少時間が掛かりましたが、完食。
東京都から『百歳を迎える皆様へ』との文書が届きました。九月十五日から

の老人週間に、総理大臣からの祝い状と銀杯、都知事からは江戸漆器、東京染小紋の半纏、鶴の置物のうち、一品を届けるとの内容の。

第三日曜日の十八日、午後二時より、病院月例の誕生日会が催されます。長兄は前日、見舞うと聞いていますが、ずらしませんか」

五月十三日　私から、兄姉へメール

「今日は吹き降りの悪天候ですが、空調が効いた病室の母は、すこぶる快調、お茶ゼリー（注・お茶をゼリー状にしたもの）も含め、昼食八品、完食しました」

五月十八日　私から、次兄へメール

「長兄、姉、妻と誕生日会に出席しました。童謡や抒情歌をボランティアと歌う、そういった企画で、母はどの曲も口ずさんでいました。ケーキ、半分残しました。夜中、こっそり楽しもう。その魂胆だと思います」

五月二十三日　私から、兄姉へメール

「姉が来ていました。看護師さんが言うには、昼食、もりもりだったそうです。それは良いとして、つい最近までは車椅子に移すさい、母は肩に手を置いてくれたので、なんなくできましたが、今日はしないのです。それで、よろけました。倒れていたら、母は骨折したかもしれません。今後は、介護士さんに依頼してください。話はつけておきました。

家に帰って、一息ついた頃、科長（注・看護科長）さんから『食後の嗽《うが》い水を飲むことが多いので、シートで拭うことにした。用意するよう』との電話がありました」

五月二十七日　私から、兄姉へメール

「昼食に合わせて行きました。玄関先で、当直明けの看護師さんが、昨夜、高熱が出たと言いました。ナースセンターで問いましたら、三十八度二分もあったそうです。それが原因でしょうか、表情が乏しかったです。ですが、食欲は大いにあり、完食でした」

五月二十九日　私から、兄へメール
「夕方、科長さんから『食事の飲み込みが悪くなったので、時間が掛かる。スタッフが少ないので、無理しない範囲で手伝って欲しい』との電話がありました。
姉に話したら『協力しますよ』と、言ってくれました。
あい子さん（注・母の姪）から、見舞いの手紙が届いていました。誕生日を意識してのようで、複数の山ユリと、それを引き立てる小花の絵葉書でです。転院してから、もう五十通以上も、頂いています。ポストカードホルダーに入れてありますので、ぜひ、見てください。俳句が載っているのも、ありますよ」

五月三十日　私から、兄姉へメール
「十二時少し前に行きました。昼食は完食。昨夜、熱が七度二分、解熱剤を使用したそうです。私が行った時は平熱に戻っていましたが」

五月三十一日　私から、次兄と姉へメール
「昼に着いた時、長兄が食事をさせていました。完食でした。熱は七度一分、水枕を使用していました。腕と足の肉は削げ、膝から下は棒状で、可哀そうなほどです。帰路、長兄と遅い昼食。私はウイスキーの水割りとコロッケ定食。長兄はビールと蕎麦。運転する妻は、日替わり定食、大好きなワインは我慢です」

六月一日　私から、兄姉へメール
「昼食に合わせて行きました、完食でした。水枕を使用していました。おでこを指差し『ここ、切られた』と、しかめっ面で言いました。痕跡がないので、鏡で見せましたら、不思議そうにしていました。悪い夢を見たのでしょう。
備品台に消毒薬・皮膚の消毒紙・酸素呼吸マスク・殺菌精製水・吸引カテーテルがありました。食事札に腎と書かれ、赤丸で囲ってありました。
病院の東側の教会前でバザーが催されていました。売り上げに協力し、渡邊はま子の『いとしあの星』と、伊藤久男・二葉あき子の『白蘭の歌』の、古びたレコードと蓄音機を五百円で買いました。我が家に来られたさい、懐かしんでください」

六月二日　姉から、二人の兄と私へのメール
「十一時二十分ごろ病院に着きました。母は食堂にベッドごと行っていて、眠っていました。食事を部屋でさせようと連れて帰ったのですが、眠りが深くて目を覚ましませんでした。きっとまたあっち（注・極楽浄土）に遊びに行っているのでしょう。看護師たちが入れ代わり立ち代わり、名前を呼んだり擦ったりしましたが、目を覚ましませんでした。
目覚めさせる良い考えが思いつきました、スプーンを口に持っていくことです、やってみると大成功で、舌の位置が移動し、皺が移動し、口に力が入りました。
お茶ゼリーをスプーンで三回飲ませましたが、ふと、こんなことをしてはいられない、薬を早く飲ませないと、そこで薬を赤飯粥の上にばらまき、スプー

ンで三回やりました。ちょっと頭を高くしようとベッドの上部を高くしている間に、もうあっちに遊びに行ってしまいました。その間、どんなに揺すっても呼び掛けても帰ってきません。薬だけでも与えられて良かった。十二時十分までねばったのですが、深い眠りは目覚めませんでした。

今日の昼食はスペシャルメニューで、赤飯粥とおかず五種類が入った箱弁当。それにとろみのお汁、リンゴゼリーでした。美味そうだったのに、残念！　いつもはよく食べるのに今日は一パーセント。お母さんが食事を口にしないのは生まれて初めて見ました。

暫くお母さんのそばにいたのですが……。とうとう私は見放されちゃったようです。あっちでお父さんや、京都の叔父ちゃん、と再会しているのかしら。ちなみに朝食は全部食べたそうです」

六月三日　私から、兄姉へメール

「夜食に合わせて、行きました。食欲は大有りで、二十分で完食。水枕は使用していませんでした。顔色は良く、食事のさい、妻が問うた『私、分かりますか？』に、大きく頷きました。リフトバスに入り、床屋が来てくれ、さっぱりしていました。この体調が、総理大臣からの祝い状と銀杯が届く老人週間まで続いて欲しいものです」

六月五日　私から、兄姉へメール

「完食でしたが、昼の食事中、姉が話した『あっちに遊びに行きました』でした。そこで、三日前の姉のメールで知ったこと、スプーンを口に持っていきました。そうしましたら本当に不思議、戻ってきました」

六月六日　姉から、二人の兄と私へのメール

「十一時二十分に着いたのに、もう廊下に連れて行かれていました。（注・ベッドのまま食堂に連れて行き、一人の介護士が複数人食べさせる）そこでは、落ち着かないので部屋に戻してもらい、食べさせることにしました。母は眠っていましたが、たやすく起こすことができました。ここで問題です。

問題一　どうやって起こしたか？

（一）名前を呼んであげた
（二）スプーンを口元に持っていってあげた
（三）入れ歯を入れてあげた
問題二　あのむせるスープを九十九パーセント胃袋に入れました、さてどうやって？
（一）スプーンで少しずつ飲ませた
（二）ゆっくりカップから直接飲ませた
（三）他の食べ物に分散させた
答えは次回に。

今日はリフトバスに入ったので髪も顔も、とても綺麗でした。入れ歯を入れたら、なお綺麗になりました。

科長が薦めた、歯を拭くウエットシートを自分用に買いました。寝床に置いて歯磨きしたくない時、使うつもり。意外に便利かも知れません」

六月七日　私から、兄姉へメール

「夜食に合わせて行きました、完食でした。水枕をしていたので、看護師さんに熱の程度を問いましたら、七度五分と、ちょっと心配そうに言いました。

昨日の姉のメールどおり、母の髪は綺麗でした。前日の択一問題、どれも正解と思えますが、そうですすか、奥の手があるのですか、もったいぶらず、教えてよ」

六月八日　私から、兄姉へメール

「昼食は完食でした。水枕は今日もで、昨夜、寝る前は七度五分あったそうです。今はどうかと私の額と比べたら、比較にならないほど熱かったです。こまめに測ってと看護師さんに頼んでおきました」

六月九日　姉から、二人の兄と私へのメール

「十一時二十分に着きました。今日もお母さん、あっちへ遊びに行っていました。ご飯の時間も忘れて遊び呆けているので、呼び戻さなければなりません。その時、リハビリの先生がたまたま来ました。ちょうど良い機会だと思って呼

び戻してもらうことにしました。すると先生は、血圧を上げて目を覚まさせると言って、足の裏、ふくらはぎ、膝の関節、腰、手の指など一生懸命にマッサージを施しました。でも帰ってきませんでした。ちなみに今日の朝の血圧は上が七十、下は四十だったそうです。

看護師も、起こそうと努力してくれたのですが、やはり起きなくて、それならもう少しそのままにしておこうと部屋を出て行きました。そこで、私流で起こすことにしました。『お母さん、ご飯だよ。入れ歯を入れるよ』これでオーケー、見事にこっちに帰ってきました。それから目を開けさせて、『私は誰だ?』、この質問に『ムニャムニャ』と僅かに口を動かしました。『のりちゃんだよ、分かる?』と、さらに強く言うと、やっと頷きました。入れ歯を入れたら、九十代の若さに戻りました。

昼食は葛湯をほんの少し残し、九十九パーセント食べました。お粥やおかずに葛湯を全部入れると味が薄くなってしまうので、とろとろのところで止めました。それが一パーセント減の根拠です。

これらの文でお分かりのように、三日前のクイズの答えは、スプーンを口元に持っていくのも正解ですが『入れ歯を入れる』の方が、より正解。スープは『他の物に分散させる』です。帰り際、気づいたのですが、水枕は使用していませんでした」

六月十一日　私から、兄姉へメール
「昼食時に合わせて行きました。姉からの報告の血圧が気になり、昨日、よく行く医院の先生に質問しましたら『低空飛行の状況で、上が六十以下になると腎機能が働かず、塩水が滞り、死に近づく』と、教えてくれました。とても、心配です」

六月十二日　姉から、二人の兄と私へのメール
「『六月雨を集めてはやし空堀川（注・病院途中にある川）』ひどい、私の盗作です。
今日のお母さんはとても元気で、着いた十一時二十分にはもう目を覚まして、食事を待っていました。私に、にっこりして、百歳の誕生日のような感じでし

た。表彰の権利を得る、九月一日まで、大丈夫のような気がします。いいえ、一年くらいは大丈夫かも。

勿論、ご飯も百パーセント。他のおかずに分散させましたが、葛湯も残しませんでした。今日のおかずのメインは焦げ茶色、「?・?・?」嗅いでみるとカレー。お粥と別々に食べさせてしまった、黒い小さなものは何だろう? これも嗅いでみると海苔の佃煮でした。残念、お粥に混ぜればよかった。

ゆっくり眠りに入ったけれど、あっちに行っているようでなく、こっちでうたた寝しているような感じでした。

百歳になる直前に、介護士の若村さんが撮ってくれた写真を、つくづく見ましたが、お母さんもさることながら、弟夫婦の顔が本当に良い。お母さんは、この笑顔に挟まれ、つくづく幸せな人だなあと思いました」

六月十三日　私から、兄姉へメール

「姉の昨日の報告どおりで、元気度は誕生日と同じぐらいでした。ですが、昼食の後、ごちそうさまを言うでなく、寝入りました。姉のメールにあった、百歳記念の写真、私の笑みは、若村さんが強いるので、無理しての笑みです」

六月十四日　長兄から、次兄と姉と私へのメール

「母は、食堂の方にベッドごと運ばれていました。しかし、すぐ気がついて、戻してくれました。母の状態は、昨日と一昨日の妹と弟のメールと同じようでした。食事はほぼ百パーセントでしたが、例のどろんとした液体（注・葛湯）を、飲ませるたびにむせこみました。あれは誤飲の元になるので飲ませない方が良いでしょう。熱は平熱に下がったそうですが、血圧は八十台だそうです。帰りぎわに『気をつけて帰りなさい』と、言いました。久し振りに声を聞いた気がします」

六月十五日　私から、兄姉へメール

「昼食は完食。水枕を使用していたので、看護師さんに状況を問うたところ『昨夜、七度一分あったけれど、平熱になったので取り換えるところ』との返事。血圧の上、百を超したとも言いました。母宛に施餓鬼法要の知らせが届き

ました。卒塔婆と、おしのぎ代は負担金から、払っておきます」

六月十六日　私から、兄姉へメール
「昼食に合わせて行きました、今日も完食でした。昨日同様、食後はすぐ眠り、呼べど応えずでした。お棚経の通知が来ました。七月十五日、十二時からです。祖父母や父を偲びませんか、ビールと肴、用意します」

六月十七日　姉から、二人の兄と私へのメール
「いつものとおり、十一時二十分に着いたのですが、お母さんはリフトバスに行っていました。着替えをしたりして、昼食は四十五分からになってしまいました。着替える時、介護士が言っていたのですが、何と前回の時より体重が二キログラム増えたそうです。ちなみにどれぐらいだと思いますか？

リフトバスの疲れか、元気がありませんでした。しかし食事は百パーセントでした。葛湯は固めでしたが、やはりむせます。そこでおかずに混ぜて食べさせました。食後の今日はなかなか眠りません、何も言わず、表情もなく、ただ

私を見ていました。七月十五日の『お棚経』、病院に予約を入れているので、終わりしだい廻ります」

六月十八日　私から、兄姉へメール
「昼食に合わせて行きました。一昨日と変わらず完食。昨日の姉のメールでは、なかなか眠らなかったとありましたが、今日は直ぐでした。
姉の、クイズの答えを知りたくて、介護士さんに体重を聞いたところ、四十二キログラムとのこと。姉ちゃん、ごめん、ばらしちゃって」

六月十九日　姉から、二人の兄と私へのメール
「十一時二十分に着いた時、母はもう目を覚ましていました。とても反応がよく、私を見るとにっこりと嬉しそうに笑いました。ベッドの頭の部分を上げて『このぐらいで良い?』と聞くと『ありがとう』と、久し振りに声を聞きました。ずいぶん太い声になっていました。
昼食はいつもどおりの百パーセントでした。喉のつかえを考えると怖くて

おっかなびっくり、いつもの葛湯をやったのですが、初めはとても快調でした。途中からつかえ始めたので止め、おかずに振り分けて、ほんのちょっと残す程度までになりました。

気になること。お母さんの心臓の周りに機械（？）が、貼り付けられていたことにです。そばには小さな別の機械が置いてあります。看護師が言うには『ナースセンターに繋がっている』とのことでした。食事の間中『ピッピッピッピッ』と鳴っていました。お盆を下げる時にナースセンターの前の所に、映画やテレビドラマでお馴染みのモニターがありまして、画面の右上に母の名前が出ていました。心臓が、より悪くなったのでしょうか」

六月二十日　私から、兄姉へメール

「昼食に合わせて行きました。姉が心配していた母の心臓、看護師さんに聞いたところ、不整脈をモニターで監視。安定したので取り外した、とのことでした。

姉の昨日のメールでは、母は元気な様子でしたが、今日は全然駄目で、妻が差し出すスプーンで、機械的に食べるだけ、後はぐっすり。
明日は世話になった、叔母の十三回忌と叔父の七回忌です。すませてから行きます。飲み過ぎたら、パスします」

六月二十二日　私から、兄姉へメール
「夕食、完食。昨日より、ほんのちょっと元気かな？　と見ました。私の娘を不思議そうに見て『この人、誰？』と聞くので、母ちゃんが、可愛がってた、孫のミエちゃんだよと答えると暫くして『大きくなったので、分からなかった』と、微笑みました。当時の姿と今とが、一致しなかったのでしょう」

六月二十三日　姉から、二人の兄と私へのメール
「十一時二十分に着きました。目が覚めていて『ずいぶん早く来たねえ』と、声を掛けてくれました。しかし元気がないと感じましたが、やっぱり当たり！
先ず入れ歯を入れるのに苦労しました、特に上の歯です。
やっと入れて食事を始めたのですが、飲み込みが悪くて口から出してしまい

ます。最初は少しでしたが、だんだん多くなり、終わる頃は半分ぐらいお釣りがきてしまいました。食べる姿勢も悪く、何度も直したのですが、すぐに崩れてしまうのです。

結局、今日のおかずは半分ほど、お茶ゼリーと葛湯はほとんど食べませんでした。大雑把に言うと七十パーセントぐらいかな。

そして食事中、半分眠っていました。前回来た時が良かったのでがっかりしました。私はがっかりすると疲れが出て、お腹が空きます。この前、新秋津駅のそばのコーヒー店で回数券を買いました。月曜日は七杯分で千五十円です。コーヒーを飲んで、ちょっと元気をつけて、帰りました」

六月二十四日　私から、兄姉へメール

「今日は梅雨の晴れ間、久しぶりの日差し。母は調子が良く完食。食事の摂取量を書き込むノートが、ナースセンターのカウンターに備えられました。食器を下げるさい、記入してください」

六月二十六日　私から、兄姉へメール
「夕食に合わせて行きました。母の体調は良く、妻が差し出すスプーンで完食。その後『そっちは済んだの？（注・私たちの夕食）』と、気づかう言葉をくれました。その後、眠ったのですが、呼吸が少し荒かったです」
六月二十七日　姉から、二人の兄と私へのメール
「昼食時間に合わせて行きました。お母さんの様子はとても良くて、ご飯は百パーセント。声にこそ出しませんでしたが、私の話にはっきり頷いたり、笑ったりしていました。また『お母さん、外に紫陽花が咲いているよ。見えるでしょう』と、言葉を掛けましたら、乗り出すようにして目を中庭に転じました。今日は食事後も三十分ぐらい眠らないで、じっと私の顔を見ていました。道子さんが梳かしてくれるので、髪が綺麗にねていました。いつもありがとう」
六月二十八日　長兄から、次兄と姉と私へのメール
「弟夫婦と昼食に立ち会いました。食事はほとんど百パーセント。顔色も悪く

ないと思いました。しかし、今日は声を聞くことはできませんでした。呼吸は少し間隔が短く感じられましたが、寝顔は穏やかでした」

六月二十九日　私から、兄姉へメール
「昼食に合わせて行きました。昨日同様、完食。表情は昨日より、幾分、良いと見ました。とはいえ、日一日衰弱しているみたいです」

七月一日　私から、兄姉へメール
「昼食に合わせて行きました。余裕を持って完食。体調が良いようなので、ベッドを窓際に寄せ『紫陽花が、まだ咲いているよ。見てみたら?』と、言いましたら、小さな目を見開いて『ほんとだねえ』と、にっこり。その後、十文字ぐらいの言葉を二度ほど口にしましたが、聞き取れませんでした。帰る時の『じゃあまたね』には、大きく頷きました。
　文章が後先になりますが、朝食は十割で、リフトバスにも入りました。明日は次兄と見舞います。今日のようなら、三週間ぶりの次兄は安堵するでしょう。

でも、一夜で悪化することもあります。そうならないように……」

七月二日　私から、長兄と姉へメール

「昨日の願いは叶いませんでした。昼食は完食でしたが、次兄の声掛けには反応なし。母は、誰かしらといったふうに、見ているだけでした。転院した頃は、日本史をよく知る母と次兄は、神武天皇から今上天皇までの名を、そらんじていましたが、今日の母は全然駄目。次兄の感想は『ずいぶん弱ったなあ』でした」

七月三日　姉から、二人の兄と私へのメール

「先週より、元気がありませんでした。私では元気が出ないのでしょう。『なんだ、のりちゃんか』ってな、気分だろうと思います。食事は百パーセントでした」

七月四日　私から、兄姉へメール

「昼食に合わせて行きました。リフトバスに入り、さっぱりした顔でした。多少、時間が掛かりましたが、完食。朝も十割と記入してありました。

帰りに清瀬市にある金山緑地公園に寄り、コンビニで買い求めた、遅い昼食を取りました。カブトムシが樹液を吸っていました。この光景は、小学校の林間学校で行った『奥日光』以来です」

七月五日　私から、兄姉へメール

「昼食に合わせて行きました。体調は昨日より良いようで、完食。その間『この男、誰?』そんな目で私を見つめます。どうも、忘れたよう。朝食は十割と記入してありました」

七月六日　私から、兄姉へメール

「昼食に合わせて行きました。体調は昨日よりも、ずっと良く、短時間でペロリでした。朝食も十割と記入してありました。

今日も私をじっと見るので、指で鼻を指し、末っ子の『もう（注・私の愛称）』だよと言いました。でも、誤魔化し笑いするばかり。次兄同様、私も忘却の彼方のようです。次は誰ですかね」

七月八日　姉から、二人の兄と私へのメール
「十一時三十分に、行きました。母は睡眠中でしたが、ベッドを起こしたら、目を覚ましました。そして、私に気づくと、にっこりしました。オレンジゼリーを食べたので『美味しい？』と聞くと『うん』と、大きな声で返事しました。でも、声はそれだけでしたが、元気が蘇ったような、様子でした」

七月九日　私から、兄姉へメール
「昼食に合わせて行きました。食事は朝も昼も完食。食べさせるのが楽になった、今日この頃なので、科長さんに、五月二十九日に『食事の飲み込みが悪くなったので、時間が掛かる。スタッフが少ないので、無理しない範囲で、手伝って欲しい』の条件付きで頼まれた、その必要性を問いました。そうしましたら『スタッフが少ないことを理由にしたが、その頃、検査数値が悪くて危険

な状態だった。なので、多くの時間を家族と過ごさせ、甘えさせたかった。でもそれは、家族にとっても良いこと。亡くなった時、精いっぱい尽くしたことにより、悲しみが薄らぐ。安定したので、ご自由に』とのことでした。ですので、以前のように、三日に一度行くように心掛けます」

七月十日　私から、兄姉へメール

「昼食に合わせて行きました。多少時間が掛かりましたが、完食でした。朝食もです。明日は施餓鬼の卒塔婆を『雑司ケ谷霊園』に、持って行きます。ですので、生き仏はお休み」

七月十一日　姉から、二人の兄と私へのメール

「夕食の五時半に行きました。いつものような顔で、いつものように食べました。元気があるような、ないような…。食べ始めは目を開けていたのですが、めんどうになったのか、後半は瞑ったままでした。元気が良いとスイスイ帰れるのですが、笑顔もないと帰りの二時間がとても長く感じられます。コーヒー

の回数券は後一枚になりました、また月曜日に買おうと思います」

七月十三日　私から、兄姉へメール

「昼食に合わせて行きました。母は目やにが酷く、目が開きません。これでは真夜中だろうと、妻が濡れタオルで取り除きました。すると出てきた小さな瞳でにっこり。完食でしたが、食後は寝入りました。病気のうえ、歳が歳、仕方がないですね。しかし、対話がないのは寂しいです。昨日の気温は三十四度、今日は三十三度、暑さが本格的になりました、熱中症は家の中でもなるそうです、お気をつけください」

七月十六日　私から、兄姉へメール

「夕食に合わせて行きました。母は時間の観念はまだあるようで、妻の顔を見るなり『ゆっくりでしたねえ』、びっくりです。夕食は時間が掛かりましたが、完食でした。ですが、美味しいでもなく、不味いでもなく、ただ生きんがためのよう。朝食も昼食も、十割と記入してありました」

七月十七日　姉から、二人の兄と私へのメール
「十一時二十分、病院に行きました。お母さんはもう目を覚まして、とろとろしていました。食事は勿論百パーセント。嬉しかったのはベッドの頭の部分を戻すと、いつもは何も言わないのに『ありがとう』と、大きな太い声で言ってくれたことです。
先日のお棚経の時、おっきい兄ちゃん（注・長兄）の髪を見たら、白髪が全然ないのに驚いたのですが、お母さんの髪の毛を改めて見ると、白かった部分が黒くなっていたのも、びっくりです。今度行った時、見てください。道子さんが、行くたびに丁寧に梳かしてくれるからかしら。とても不思議な現象です」
七月十八日　姉から、二人の兄と私へのメール
「母は、リフトバス上がりで、きっちりと起きていました。食事もしっかり食べました。一度だけヨーグルトにむせて、ちょっと苦しそうでした。顔をしか

めて、口をとんがらして、目をしっかりつぶると違う人みたいになります。まもなくまた食べ始めました。言葉はなかったのですが、問い掛けには頷くし、目が合うと皺が移動して笑顔に変わります。

食事をすませてもなかなか眠らないので、白髪状態を調べながら頭を撫でていると、いつの間にか眠ってしまいました。

食事時間、最近では一番速く三十分、お蔭で早く帰れました。こちらは暑くてバテギミ。まっすぐ帰って昼寝。

話は戻りますが、母のはす向かいの人の胸につけた装置が『ピーピー』と異常音を発したので、看護師さんが三人来ました。母は食べるのを中断して、その様子をじっと見つめていました。興味津々、相変わらず野次馬根性は衰えていません」

七月二十日　私から、兄姉へメール

「昼、完食。今日も目やにが酷いので、妻が取り除くと『ごくろうさん』と、野太い声で言いました。『ありがとう』だと思うのですが、たかが、安サラリーマンで終わった末っ子の嫁なら、そうかもしれません。食後は、ぐっすり寝てしまいました」

七月二十二日　姉から、二人の兄と私へのメール

「今日も十一時二十分の時点では目を覚ましていました。目やにはついていませんでした。食事は百パーセント、掛かった時間は三十分でした。その間に、ちょっと集中力が欠けました。それは、はす向かいの患者さんが喉に痰を絡ませて苦しんでいるのを、介護士さんが取ろうと悪戦苦闘しているのに興味を持ったからです。先日もそうでしたが、相も変わらぬ野次馬根性です。食後はころんと眠ってくれたので、早く帰れました」

七月二十四日　私から、兄姉へメール

「夕食に合わせて行きました。目やにには今日もで、妻が取り除くと、今日は『ありがとう』でした。食事は完食、朝も十割と記入してありました。『また来るからね』に、少し寂しげでした」

七月二十六日　長兄から、次兄と姉と私へのメール

「弟と道子さんが、新秋津駅で待っていてくれ、車で行きました。直射のアスファルト道を十五分歩くのと、冷房が効いた車での五分は天国と地獄の違いがあります。母は、相変わらず無言でしたが、私を分かったようです。食事は百パーセントでした。

看護師さんの話で、眠っていると無呼吸になることがあるとか。前からあったのかも知れませんが、初めて聞いたので、ちょっと心配です。

昼食は弟夫婦と清瀬市にある金山緑地公園で、コンビニ弁当を食べました。その後、園内を散策。ギンヤンマが沢山（？）いて、感激。見たのは何年ぶりかなあ。植物の写真をいくつか撮りました。ちゃんと写っていればブログのネタになります。だめだったらがっかり」

同日　私から、兄姉へメール

「食事は長兄の報告どおり。無呼吸については、居場所が病院、これほど安心

な所はありません。
姉上のタイ旅行、誰と行くの？　母の容態は安定しています、ゆっくりしてきてください。でもあっちは暑いでしょう？　冬場の方が良いかと思いますけど」

七月二十七日　姉から、二人の兄と私へのメール
「お母さんの調子はとても良さそうに見えました。もちろん食事は百パーセント。しっかりとこぼさずに食べてくれましたので、久しぶりに十二時前に終わりました。『ヨーグルト美味しい？』の質問に『うん』と太い声で返事がありました。にこにこしていて、見ているこちらも明るい気分になります。
無呼吸、皆様はどうですか？　お父さんや、夫の無呼吸は、それこそ大変長い間、止まっているので、本当に死んでしまったのか心配になる時がありました。お母さんは、どの程度なのかしら。
タイ旅行、間際になって話してごめん。実は三年前頃に友だち三人と行きたいねえと話していたのですが、お母さんが入院したりしていたので、延び延び

になっていたのです。ところが友だちのご主人が、戻ってくることになって、あわてて決行することになったのです。お母さんが生きていてこの旅行を実現できるとは思いもよりませんでした。母は大丈夫だとは思いますが、何かがあった時は宜しくお願いします」

七月三十日　私から、兄姉へメール

「無呼吸、私もあると妻が言いますが、自分では聞いたことありません。昼食は完食、朝も、そう記入してありました。いつも明るい丸ぽちゃ顔の看護師さんが『以前、ここにいた人、亡くなったの百二歳だった。芳本さん、記録、作りそう』と、笑み。それ以上であって欲しいです」

七月三十一日　私から、兄姉へメール

「『昨夜、熱が三十九度あった。抗生物質を使い、酸素呼吸を施している』と、科長さんからの電話。それで予定日外でしたが、行きました。そして、具体的に聞きました。そうしましたら『熱が異常に高かったので、でも大丈夫、芳本さん、これぐらいでは、めげないもの。わざわざ来なくっても良かったのに、心配性なのね』だってさ。だったら、電話するなよです。ちなみに、朝食も昼食も十割と記入してありました」

八月二日　長兄より、次兄と姉と私へのメール

「母の具合が悪いようなので、弟夫婦と一緒に昼食に合わせて行ってきました。病室に入るなり、看護師さんが『良くなったわよ、良かったわね』と、はずんだ声を掛けてくれました。酸素マスクは使っていませんでした。声は出ませんが、私を認識しているようでした。食事は百パーセント食べました。帰る時に声を掛けたのですが、反応はありませんでした。それでも一安心しました。帰りに『牧野記念庭園』に、弟夫婦と行きました。スエコザサを初めて見ました。園内は残念ながら花が少なかったので、春にでもまた訪ねるつもりです」

八月三日　私より、兄姉へメール

「昨日、看護師さんに、明日は夕食に間に合わせると告げたのですが連絡不備で、着く前に介護士さんが、母と他の三人を同時に食べさせたそうです。そのさい、お茶ゼリーを、母の口に入れた後、急用が入って、席を外しました。そのちょっとの間に、ゼリーが喉に詰まり、大騒ぎになったとのこと。

看護師さん『ゼリーで良かった、固いのだったら、大ごとだったわ。芳本さん、朝も昼も十分食べたので、一食抜いても、どうってことないわ』と、言いました。その言葉にムッとなったのですが、横を向かれたら、そう思い堪えました。その代わり、その介護士さんに注意するよう、強く言っておきました」

八月四日　私から、兄姉へメール

「昼食に合わせて行きました。今朝、七度二分だったそうで、水枕を使っていました。チューブでの酸素吸入もしていました。その所為か、朝食は主食五割、副食六割と少なかったです。ですが、取り戻すかのように完食。

床屋が来てくれ、さっぱりしていました。暑いですねえ、日中は三十五度あったそうです。熱中症には十分にお気をつけください。寝る前にコップ一杯の水を飲むようにと、識者が言っていました。ぜひ、そうしてください」

八月六日　私から、兄姉へメール

「昼食に合わせて家を出たのですが、渋滞に巻き込まれて遅くなり、介護士さんの手で、終わっていました。八割だったそうです。朝は主食七割、副食三割と記入してありました。明日は次兄と一緒に行きます」

八月七日　私から、長兄、姉へメール

「昼食に合わせて次兄と行きました。朝食は十割と記入してありました。昼もでしたが、飲み込みは悪かったです。次兄が声を掛けても、返事なし。看護師さん、妻、私にもそうでした。水枕は使用していませんが、酸素吸入は今日もでした」

八月八日　私から、兄姉へメール

「昼食に合わせて行きました。体調は昨日と大違いの元気。朝は主食八割、副食四割。総理大臣から、百歳で表彰される九月一日までは大丈夫でしょう。

一緒に見舞ってくれた、マコ姉ちゃん（注・義妹）が『大学に入学し、四国の田舎から出てきて、初めて池袋に行った時、強面の輩に、商品を正札以下で買えるという金券を強引に買わされた。そのことを、おばちゃん（注・母）に話したら、所属する事務所に乗り込んで、取り返してくれた』との回顧談。この件は知らなかったですが、いかにも、やりそうですよね、母は」

八月十日　私から、兄姉へメール

「昼食に合わせて行きました。今日は一時間も掛けて主食九割、副食六割がやっとでした。朝食は主食十割、副食八割とノートに記入してありました。食事後、エプロンを外すと『ありがとう』と、珍しく感謝の言葉をくれました。昨夜、微熱が出たそうです。血圧は安定しているそうです」

八月十一日　私から、兄姉へメール

「昼食に合わせて行きました。体調は昨日より良く、短時間で完食。朝も十割と記入してありました。微熱が二日続くので、何故を二人の看護師さんに問うたのですが、はっきりしませんでした。医師から、知らされてないのでしょう」

八月十三日　私から、兄へメール

「姉と新秋津駅で落ち合い、昼食に合わせて行きました。母は平熱に戻り、すこぶる良好でした。朝は主食十割、副食八割。昼は、一度の小休止がありましたが、完食。でも体調は日替わりです。明日はどうでしょう」

八月十四日　私から、兄姉へメール

「朝行くつもりが、昨夜、昔の同僚と深酒してしまい、昼になりました。完食でしたが、食べては寝ての繰り返し、一時間も掛かりました。朝は主食十割、副食八割と記入してありました」

八月十八日　私から、兄姉へメール

「妻も私も風邪気味なので、三日、休みました。その間、案じていたのですが、昼食、僅か二十五分で完食、安堵しました。朝も十割と記入してありました。
この良好さは三日間、私を見なかったので、ストレスが、なかったから？
リフトバスの用意がしてありました。明日、入るそうです」

八月十九日　私から、兄姉へメール
「出掛けに来客があって、夕食になってしまいました。食べたり、寝たりで完食まで一時間余も掛かりました。それにより、食器を運ぶワゴンに間に合わず、階下の調理場まで持って行くはめになりました。朝は主食十割、副食九割。昼は十割と記入してありました。
平熱なのに今日のリフトバス、中止でした。理由を聞きたかったのですが、カンファレンス中だったので遠慮しました。今までのとは違う、マスク式の酸素吸入器が用意してありました」

八月二十一日　私から、兄姉へメール

「昼食に合わせて行きました。約二十分で完食、正確には十八分です。朝も十割だったそうです。リフトバスの用意がしてありました。百歳の表彰まで残り十二日、ゴールインは、もう間違いないでしょう」

八月二十四日　私から、兄姉へメール

「夕食に合わせて行きました。体調は良く、妻が差し出すスプーンを待ちきれないように、口をあんぐり開けます。ですので、二十分で完食。朝、昼ともに十割と記入してありました。百歳までのカウントダウン、あと八日」

八月二十六日　私から、兄姉へメール

「夕食に合わせて行きました。今日は一昨日より五分も少なく、十五分で完食。『ありがとう』と言いました。もしや、会話が成立するかと期待しましたが、寝入ってしまいました。朝は主食七割、副食四割、昼は十割と記入してありました。カウントダウン、あと六日」

八月二十八日　姉から、二人の兄と私へのメール
「十一時三十分頃に食事がきたのですが、初めから『プップッ』（注・口を閉めた状態で息を吐く、その微かな音）をして、食べ物が口に入りません。目を拭いてこじ開けたり、タイ式マッサージをしたり、看護師さんの真似して名を呼んだり、大声コンクールのように呼びかけたり、あの手この手を使い、やっと百パーセントに漕ぎつけました、やれやれでした。表彰まで、あと四日！

あと四日！　あと四日！

病院に通っているうちに、秋津駅前がいろいろ変わりました。パチンコ屋が潰れました。お母さんのパチンコ体験を、お話ししましょう。

お母さんがある日、一度パチンコをやりたいと言いました。そこで西武線の中村橋駅の北側にある、パチンコ屋に連れて行きました。入る時に五百円玉を見せて『お母さん、五百円分しかやらないよ』と、約束しました。もちろん私は見学です。

五百円は三十秒でなくなってしまいました。お母さんはあまりに早くなくなったのでポカンとしていました。ジャラジャラ出てきたら、味をしめたりし

て不味いことになっちゃうから『これでいいのだ』と思ったものです」

八月二十九日　私から、兄姉へメール

「昼食に合わせて行きました。姉が昨日言ってた『プップッ』はなく、そして眠ることなく、僅か二十分で完食。朝は主食十割、副食九割と記入してありました。空になった食器をワゴンに乗せた時、担当でない医師が『凄い、凄い、凄いなあ』と感心していました。喜ばしいことですが、どういうわけか恥ずかしい。カウントダウンあと三日、ゴールが見えてきました」

八月三十日　長兄から、次兄と姉と私へのメール

「弟夫婦と十一時半ごろ見舞いました。顔色は比較的良く、目も開いて、私が判ったようでした。昼食もスムーズに百パーセント。二週間前に見た時より、かなり具合が良いように思いました」

八月三十一日　私から、兄姉へのメール

「昼食に合わせて行きました。昨日同様、完食。朝も、そうでした。食事中、にこやかというより、甘えるといった瞳を妻に向けていました。

先達て記しましたが、私は既に忘却の彼方です。ですが妻は、そうでないです。お腹を痛めた子は忘れても、嫁は忘れない。実に不思議です。このことに妻は『嫁いびりに負けていなかったから、憎らしくて忘れられないのよ、きっと』と、冗談ぽく言いました。カウントダウン、時間の単位になりました」

九月一日　姉から、二人の兄と私へのメール
「やっと表彰の日を迎えられました、『おめでとうございます』。でもその話をお母さんにしても、分かっているのか、分かっていないのか、反応がありません。

今日の母は、弟の昨日の報告とは少々違っていました。行ったときには起きていたのですが、ご飯を運んでくる頃には眠気がきたようで、ほぼ完食だったのですが、時間が掛かること掛かること、一時間以上、掛かりました。

また、あずき粥、おかず二品、みそ汁（注・どれもペースト状）キウイ、ゼ

リー。それに何につけるのかタレがあり、皿数が多かった。みそ汁を残した他は全部食べました。食べっぷりが悪いので、タイ式マッサージを試みたのですが効き目なし。その時に気がついたのですが、右足がとても浮腫んでいました。あつぼったくて、つぼにならない。もう一方はタオルに包まれていて、どこにつぼがあるのか分からなかった」

九月三日　姉から、二人の兄と私へのメール

「十一時三十五分から食事を始めて、二十分ぐらいで終わってしまいました。以前に出ていて、このところずっとなかった、あの緩い葛湯みたいのが盆に乗っていました。匙で口に入れるとすぐに、凄く咳き込みました。ですから、それ以上あげませんでした。

暑さがぶりかえって、ふうふう言いながら行ったのですが、お母さんときたら目も開けず、食べる口を開けるだけ。病院に入った頃は庭の散歩をしたり、話ができたのに、今日は本当につまらなかった。生きているだけでいっぱいの、他人を思いやる気持ちなんて、もうなくなっちゃったんでしょうね。百歳過ぎ

たのだからしかたがないね。暑い道をまた帰ってきたのですが、私もぐったりしてしまい、昼寝」

九月五日　私から、兄姉へメール
「昼食に合わせて行きました。四日おいたので不安でしたが、顔艶も良く、ほっとしました。食事は一度の小休止で完食。朝も十割と記入してありました」

九月六日　私から、兄姉へメール
「昼食に合わせて行きました。昨日より、元気なく、それでも二度の休憩を挟み、四十分で完食。朝は六割と記入してありました」

九月八日　私から、兄姉へメール
「夕食に合わせて行きました。朝も昼も主食十割と記入してありました。リフトバスに入ったようで、さっぱりしていました。

町会長が百歳記念の『ちゃんちゃんこ』を、届けてくれ、直ぐ後、民生委員が、国と都と区からの祝い状と記念品を持ってきてくれました。皆と一緒に見たいので、開けていません。祝杯用の銘柄酒を用意しますので、都合の良い日を知らせてください」

九月九日　姉から、二人の兄と私へのメール

「晴れのち曇り、曇りのち晴れ、お母さんの状態のような一日でした。今日は食べるのが遅く一時間も掛かってしまいました。励ましたり、目を開けさせたり、タイ式マッサージをしたり、大声コンクールの練習をしたりして、何とか食べさせました。ちなみに朝は主食五割、副食四割だったそうです。

食事して、十五分ぐらい眠った後、二回ほど目をパッチリ開け、目を合わせてきたり、頷いたりしました。明らかに意識があり、僅かながら目に表情がありました。『福田総理から銀杯がきているよ』と報告すると、分かったかのように頷きました。

道子さんへ、介護士が『おむつ交換のさい、パジャマのズボンが破けてし

まった』と謝っていました。ミシンを買ったので、繕いぐらいなら、しますよ」

九月十日　私から、兄姉へメール

「昼食に合わせて行きました。一口食べては休み、それでも三十分足らずで完食。朝は十割と記入してありました」

九月十一日　姉から、二人の兄と私へのメール

「弟のメールのとおり、お母さん、絶好調でした。看護師さんからも『今日、話しかけてくれたのよ』と、弾んだ声を掛けられました。ご飯は休憩なしで、三十分ぐらいで百パーセント。

弟が『ここのスタッフでない、Gパンの人が病棟に来て、患者に話しかける』と、以前言ってましたが、その人はお医者さんでした。今日もGパンで『お母さん、すごいなあ、明治四十一年生まれの百歳だって？　僕なんかとうていだよ』なんて言っていました。一月に一回来て、患者に話しかけているそ

うです。さて何の専門医でしょう？　教えてあげますね、精神科の先生です。そういえば先日、物忘れが激しいので、精神科に行ったのですが、その時の先生もGパンにシャツでした。精神科の先生は白衣を着ないのかしら？　必要ないものね。

私の結果は……『合格。歳相応です。来ないでください』ってさ。今、精神科は大流行ですから大忙し、必要ない人には冷たいのでした」

九月十二日　私から、兄姉へメール

「母の姪の『あこちゃん』が、見舞いたいとのことで、妻が同行。なので、今日は妻から聞いてのメールです。体調は良く、二十分で昼食完了。その後、花束と一緒に持ってきた、見舞いのプリンを、今日のヨーグルトに替え、食べさせたところ、嬉しそうに食べたとのこと。別れのさい、あこちゃんに『ありがとう』と、言ったそう。ちなみにヨーグルトは持ち帰り、私の胃袋に」

九月十三日　長兄から、次兄と姉と私へのメール

「弟と道子さんと十一時半に病院に行きました。昨日までは具合が良いように聞いていたのですが、今日は少し悪かったかも知れません。取り分けどう悪いとはいえないのですが、呼びかけに反応がありませんでした。ただし、食事は百パーセント。終わってもまだ欲しそうな様子でした。帰るとき声をかけても、寝入ったのか、反応なし。

帰りに車で平林寺（注・埼玉県新座市）に、弟と道子さんに連れて行ってもらいました。武蔵野の面影を残す雑木林の中の境内、こういう感じは関西の名刹にはないです」

九月十六日　姉から、二人の兄と私へのメール

「今日は渋谷で用事があり、母の所には副都心線で秋津駅までいっきに行ったので、一時間でした。着いたのが四時、その時、母は両手を胸の上で組んで、合掌しているかのようでした。黙って三十分、顔を見ていたのですが、食事の時間になったので『ご飯だよ』と声を掛けると『今、目が覚めたとこ』と、驚くほどしっかりした声で答えました。さらに、あこちゃんから贈られた花束に

注目させると『かわいいこと！』だって。何とすごいこと！　この分では、あと一年ぐらいは大丈夫。看護師さんの言うことには『私が前にいた所では百三歳、百四歳の方がいましたよ』

お母さんがそこまで生きるのなら、入院費を負担する私たちも、死なないようにしないといけませんね。食事は四十五分で、スプーンの回数、八十回でした」

九月十七日　私から、兄姉へメール

「昼食時間、まあまあの四十五分で完食。飲み込みは非常に悪かったです。冷たいタオルで顔を拭いたり、励ましたりして五十分、やっとでした。朝は主食と副食、五割と記入してありました」

九月十九日　私から、兄姉へメール

「昼食に合わせて行きました。リフトバスに入り、さっぱりしていました。食事は三十五分で完食。朝も十割と記入してありました。

病院のスタッフに百歳の喜びのお裾分けをしたいと思います、日持ちするお菓子にしようかと考えていますが、お勧め品がありましたら、教えてください」

九月二十一日　私から、兄姉へメール

「夕食に合わせたのですが、渋滞に巻き込まれ、間に合いませんでした。食べさせてくれた、介護士さんが言うには完食。朝は主食十割、副食二割、昼は主食十割、副食六割と、ノートに記入してありました」

九月二十二日　私から、兄姉へメール

「昼食に合わせて行きました。三十五分で完食。朝は十割とノートに記入してありました。

母が、百歳の表彰を受けたことを報告しに、院長を訪問しました。院長は握手で迎えてくれ『五月下旬、容態が悪化した時、看護師と介護士の代表が、国から表彰される日まで死なせないでと頼みに来た』との、エピソードを話してくれました。ちょっと、うるっとしました」

九月二十三日　姉から、二人の兄と私へのメール

「お母さんは二十五分で食事をし、私の質問に頷いたりしていましたから、元気なのだと思います。今日はお彼岸なので、ヨーグルトでなくて羊羹でした。帰り、雑司ケ谷霊園に寄り、墓参してきました。都心はまだ気温が高いせいか、アブラゼミ、ミンミンゼミ、ツクツクボウシが鳴いていました。恋の相手がまだ決まっていないのか、必死に鳴いていました。カラス軍団も近寄ってくるのでおっかないよ。かつ弁当でも広げたら襲われちゃうだろうなぁ。

そういえば、もうちゃん（注・私の愛称）、湘南の海岸でコロッケパン、トンビに奪われたそうですね。その時の心境は？　今度、聞かせてね」

九月二十四日　姉から、二人の兄と私へのメール

「今日のお母さんは愛想なしでした。目はつぶったまま、口だけ大きく開けて、食べ物を受け止めるだけでした。時間は三十分ぐらいかな。朝も昼も百パーセ

ントだったようです」

九月二十五日　姉から、二人の兄と私へのメール
「私は暑さにこの頃めっきりと弱く、昼のご飯に合わせて十時に家を出て、午後二時頃家に帰るとくたびれて昼寝をしてしまい、起きると四時。暑さ寒さも彼岸までというのですが、今日も暑くなりそうなので行くのを朝にして、七時三十分ぐらいに着きました。
お母さんは起きていました。介護士が『今日の朝、目を拭いてあげたので、目が開いていて元気ですよ』と言っていました。目を瞑ったまま開けている口に、ご飯を入れるのはこちらの気持ちも萎えますが、今日のように片目でも開けていると、ちょっと張り合いがでます。珍しいことに梅干しがありました。
お母さん、梅干しが大好きでしたね。四十分ぐらいで百パーセント。家に帰ったのは九時半ぐらい。お母さんはお腹いっぱいで満足でしょうが、私はもうお腹が空いて空いて……」

九月二十六日　私から、兄姉へメール

「三日間、姉上が見舞ってくれ、錦秋を楽しんできました、妻は太陽が真上なのに『秋の夕日に照る山もみじ……』、トンボの群舞を見ては、『夕焼け小焼けの赤とんぼ……』を歌うのです。

勤続三十年の表彰で、金一封と十日間の特別休暇を貰い、夫婦で八幡平に行った時『熊に用心してください、ここから二キロ先までは鈴を鳴らし、大きな声を出しながら歩いてください』と、手書きの看板と鈴がありました。するとどうでしょう、妻は鈴でリズムを取りながら『ある日、森の中、熊さんに出会った……あら、熊さん、ありがとう、お礼に……』と、大きな声で歌うのです。何か変ですよね？

九月十三日の姉のメールにありましたが、確かに砂浜に座して、左手で缶ビールを口に当てていた時、トンビが背後から音もなく来て、右手に持っていた二百十円で買った、一口も食べていないコロッケパンを掠め取りました。気づいた時は空高く、西の彼方。悔しくて、悔しくての心境でした。妻も被害者です。お握り半分、私に奪われたので。

余談が先になりましたが、母の昼食、三十五分ほどで、完食。朝は主食十割、副食九割と記入してありました。リフトバスに入ったとのこと、体調が良かったのでしょう」

九月二十七日　私から、兄姉へメール

「昼食に合わせて行きました。昨日と大きく違って生気がありませんでした。看護師さんに容態を問うたところ『急に寒くなったので、血液の循環が悪くなったのでしょう。布団を厚くし状況を見ています』とのことでした。

当然ながら食欲はなく、四十分かけて三割少々でした。これでは少ないので、残りを看護師さんに託しました。そうしましたら『無理はいけないわ、夜にはお腹が空くから、心配しないで』お手柔らかに断られました。少々、不満でしたが我慢、我慢。母に八つ当たりされたら困りますので」

九月二十八日　姉から、二人の兄と私へのメール

「六時に家を出て、日曜日にはバスがないので豊田駅まで歩き、病院には七時

三十分に着きました。お母さんを起こすとぱっちりと目を開け、お盆を探すようにしていました。食事は目をつぶって食べていましたが、隣のベッドの人が食事を拒否するので、性格、体格、ともに良い、あの介護士が『目をあけて！私を見て』と大声を出したのを、お母さんは自分だと思って両目を開けました。耳もきっちり聞こえているのでしょう」

九月三十日　私から、兄姉へメール
「昼食に合わせて行きました。目を瞑ったままでしたが、三十五分で完食。おかずに、かに味噌風な、一品がありました。小指で舐めたら、不味いのなんの。幾つもの素材を茹でて、ペースト状にした代物でした。酒の肴には、決してなりません」

十月二日　姉から、二人の兄と私へのメール
「また五時に起きて、七時過ぎには病院に着きました。今まで朝にしなかったことを後悔しています。早起きは三文の徳と、言うのは拾い物ではなくて時間

の使い方です。

昼間だと電車やバスの本数が少なく、乗り換えの時間のロスも多く、往復四時間掛かります。それにお昼時にかかるので何かを食べなくてはなりません。今は暑いので水分補給に喫茶店に入ります。そうすると五時間も優に取られてしまいます。家に帰ると疲れて昼寝。それが朝だと短縮され、一日の大切な昼の時間帯を使うことができます。来年の夏は絶対、食事介護は朝にしようと、決めました。

武蔵野線の新秋津駅から西武線の秋津駅までの道路は学生や勤め人で、ものの凄い人の波です、弁当を売る店が多く、あの道は弁当街道です。

ちょっと前置きが長くなりました。お母さん、申し訳程度に目を開けてくれました。次々にでっかい口を開けるのでいい気になって入れていたら、お粥が喉につかえてしまいました。口を開くからといって、やたらにやってはいけないのだな、反省！　二十五分ほどで百パーセント食べました」

十月三日　私から、兄姉へメール

「昼食に合わせて行きました。体調は良くなく、五割も食べないうち、口が貝になりました。看護師さんに援助を頼むと、姿勢が悪いのかしらと、矯正枕で身体を整え、その後、朝は三割しか食べなかったから、もう少し食べさせて。でも無理しないでとの難題。それではと、妻は頑張って、八割ほど食べさせました。

運転音痴の私に代わり、片道およそ四十キロを運転した後、優しく面倒見る妻に、心からのお礼をしたいと思いました。思っただけで終わると思いますが」

十月四日　長兄から、次兄と姉と私へのメール
「十一時半、弟と道子さんと駅で待ち合わせ、行きました。今日の母は私を認識できているのかどうか分からない様子でした。しかし、弟の話によれば、昨日より様子は良いそうです。顔色は悪くなく、食事は四十分で百パーセント。問いかけても、ほとんど応答がないのが寂しいです」

十月六日　姉から、兄二人と私へのメール

「七時三十分の時刻に合わせて病院へ行きました。お母さんは眠っているみたいでした。昏のまわりに、何かをいっぱいくっ付けていました。みなさんも経験があるかと思いますが、熱がある時、口の周りにくっつくあれです。あれは何なのでしょう？　口を開けて寝るからかしら。

朝食は四十五分かけても主食、副食ともに三割弱でした。起きているのか寝ているのか、判断できません。それなので無理に食物を口に入れませんでした。無理させると、つかえてしまいますからね。

食事の途中、看護師が二度ほど声を掛けてくれましたが、やはり起きませんでした。タイ古式マッサージも効きませんでした。足は暖かく、紫色にはなっていません。

一度、苦しい表情でなく、悲しい表情をしました、夢を見ていたのでしょうか。一日中、目を瞑って、暗がりの世界をつくっているのは、どういうものでしょうね」

十月七日　私から、兄姉へメール

「昼食に合わせて行きました、三割やっとでした。朝も三割と、ノートに記入してありました。昼食後は寝て、大鼾が帰るまで続いていました。明け方、熱が七度六分あたったそうです。悪くなる一方です。とても不安です」

十月九日　姉から、兄二人と私へのメール

「また六時に家を出て、お母さんの所に行きました。行く道々、寒くなったらこんな早くは無理だろうなあと思いました。ヨガの呼吸法で歩けば温まると考え、来るべき冬にそなえて練習しながら歩きました。腹式呼吸で、鼻から息を吸い、いち、に、鼻から息を吐く、さん、し、ご、ろくといった調子でね。

お母さん、細い目を開けていました。おかあさん、のりちゃんだよ、分かる？　と声を掛けると、何とか微かに頷きました。話をしながら食べさせました、内容は『お母さん、三人の日本人がノーベル賞を貰ったよ。理論物理学だってさ。素粒子、解る？　私はさっぱり解らないよ』

会話が物を言ったようで、百パーセント食べました。斜め向かいの患者さんが、痛い、痛いと、大きな声で泣いていました。お母さんは、痛いところがなさそうだし、幸せな人です」

十月十日　私から、兄姉へのメール
「昼食に合わせて行きました。朝は二割と記入してありました。そうであっても、昼は三十分ほどで完食。明日は久し振りの、中学のクラス会、病院行は休みます」

十月十一日　私から、兄姉へメール
「朝は十割とノートに記入してありました。昼食は一時間もかけて、五割がやっとでした。『朝、たっぷり食べたから、お腹、空かないのでしょ。夜はきっと食べるわ。心配しないで』と、看護師さんに慰められました」

十月十二日　私から、兄姉へメール
「昼食に合わせて行きました。一割も食べませんでした。朝のノートには、チップ方式で二割と書いてありました。明日、明後日はどうだろう？　方法はどうあれ、食べてくれれば、安心できるのですが」

十月十三日　私から、兄姉へメール

「科長さんから、容態の変化が見られる、至急、来るように、との電話がありました。着いたら、電話します」

同日、十月十三日の夕刻　私から、兄姉へメール

「母の容態は非常に悪かったです。想像したくは、ありませんが、最期かとも思われます。会いに行かれた方が良いと思います」

十月十四日　私から、兄姉へメール

「兄上、姉上、明け方まで峠を行き来する母に寄り添い、お疲れさまでした。私は一旦帰ってから、また行きました。

維持溶液・輸液用電解質液、塩化ナトリウム、L-乳酸ナトリウム、塩化カ

リウム、ブドウ液、熱量八十六カロリーと印字された点滴を受ける母は表情なく、ただただ眠っていました。

食事用のワゴンには、母の食事はもうありませんでした。科長さんが、病院までの所要時間を聞いてきました。緊急事態に備えてだと思います。何かあったら、電話します」

十月十五日　私から、兄姉へメール。

「『芳野さん、危険な状態です』との電話が、科長さんから、あったので、急ぎ行きます」

（三）　旅立ち

看護科長からの電話の内容を、車上から長兄には留守電で、次兄と姉には直接話した。すでに個室に移っていた母に、妻が声を掛けるも、反応なし。ただ見守っていると、長兄から「あと三十分で、新秋津駅に着く」との電話。妻に伝えると「人は一番逢いたい人には逢えないで、亡くなるそうよ。迎えに行ってきます」と、小走りで出て行った。

母の手を握り「母ちゃん、おっきい兄ちゃん（注・長兄）が、もうすぐ来るから、頑張って」と、耳元で言った。だが、反応しないばかりか、呼吸する力も弱い。そこで、ティッシュペーパーを短冊状に切り、鼻孔に近づけた。すると、僅かに揺れるだけだった。この状態を、ナースセンターで書類を見る、科長に告げると、すぐ院長に電話を掛け、走るようにして母の元へ向かった。

ナースセンターの前に、心拍をグラフ化するモニターがある。科長に続き出ると、母の名が、右上にあったので、立ち止まって見てみた。すると、青い線が、ゼロに向かっている。

急ぎ病室に入ると、聴診器を首にする院長は、診察用のペンライトで瞳孔を見ていた。そして、終えると首を二度三度横に振り、その後「十五時十五分、永眠されました」。小声ではあったが、はっきりとした口調で言った。

院長が出て行くと、科長は介護士の若村さんを呼び、来ると私に「これから、エンゼルケアー（注・逝去時ケアー）をしますので、暫く、玄関に入った所のホールにいてください」と、事務的に言った。

指定された所で待機していると、息急き切って来た長兄が、母の今を問うた。「少し前に死んだ」と、答えると「遅かった」と、残念がった。妻が言う「人は一番逢いたい人には逢えないで、亡くなる」その通りであった。

病院には正面玄関と、職員や納入業者らが利用する裏口がある。そこを左に見て突き当たりに安置室があって、半時後、若村さんに案内されて入ると、昏は上品な紅、粉白粉の薄化粧、そして病院が用意した、小さな花柄模様の浴衣に身を包み、胸の上で手を組む母がいた。

聞きなれた、終業チャイムが鳴ると、職員が、三々五々来て、十字を切った。若村さんも切ると「私、今日の仕事、もうありませんから、ここにいます。ご用がありましたら、遠慮なく言ってください」と言い、入り口すぐ左のパイプ椅子に腰を下ろした。

院長は十字を切ると「百歳になられての表彰、良かったですね。頑張った、ご褒美でしょう」と、言い「役所への提出の書類、これに入れてあります」と続け、病院名が入った封筒を差し出した。

すぐ後に来た科長も、十字を切ると「芳本さんとの、お別れ、とても寂しいです。元気になっての、お別れでしたら、良かったのですけれど」と涙目で言い、残り少なくなった蠟燭を、取り替えた。

暫くもしないうち、迎えの車が到着し、運転手と補助員が丁重に母を乗せた、その瞬間、雷鳴、篠突く雨、そして、強風が樹々を揺らした。

妻が運転する助手席から振り向くと、科長と若村さんが、手を大きく振っていた。「ありがとう」私は大声で言いながら、手を振り続けた。国道に出て間もなく、雷、雨、強風は収まり、前方に大きな虹。母が、西方浄土に行く時は、虹の橋を渡ってかなあ、ふと思った。

明治時代になると、廃仏毀釈運動が起こったが、地域の人たちの尽力により残った古刹が、西武線の豊島園駅から、北に歩いて十分ほどの所にある。墓の入り口には、区の指定樹木の大きな楠があり、境内には夏から秋にかけて、淡紅色の花を咲かせる「さるすべり」が、植わっている。母は今、ここから旅立つ。

母の甥に当たる導師が、鈸《ばち》を叩く脇導師に続き入場し、読経を始めた。私は傾聴しつつ、母の追憶に耽った。

幼き日、母に連れられて、縁日に行った。そこには、ひよこを売る露店が出ていて、その愛らしさに立ち止まると角刈り、縮みのシャツ、捻じり鉢巻きの肥えた中年男が「可愛いだろう、卵も産むよ。買って貰いな」と言って、手の平に乗せた。欲しくなって、母にせびると、

「こんな安いの、雌じゃないよ。卵なんて産みっこないよ。まだ赤ちゃんだから、餌やり、大変だ。このままだったら可愛いけど、大きくなって『コケコッコ』って、朝っぱらから鳴かれたら、近所から文句が来るよ。母ちゃん、買わないよ。さあ、行くよ！」

強引に腕を引っ張った。

私はしゃがみ込み「買って」を、声を大にして言い続けた。人だかりを気にしたのか「しようのない子だねえ、言い出したら、聞かないんだから」と、愚痴っぽく言い、財布を取り出した。

帰ると段ボール箱に新聞紙を敷き、空気穴を開け、枕元に置いた。だが、三日と持たなかった。母は、水に浸して柔らかくした、くず米と、細かく砕いた煮干しを入れ、庭の隅に埋めた。そして、二十センチほどの板切れに「ひよちゃんのお墓」と書き、数分以上、手を合わせていた。

夏休みの二回目の登校日に担任が、

「蠅を減らす目的での『校内蠅捕りコンクール』が、決まりました。次の登校日、家や家の周りの蠅をいっぱい捕って、組と名前を書いた封筒に入れて、しっかり、蓋を糊づけして、持ってきてください。捕った数が多い順に三人、表彰されます。賞品も出ます」と言い、「私たちの二年一組から、一人でも表彰されたら、先生、嬉しいわ。皆、頑張ってね」

と、煽った。

帰ってすぐ、母に、

「母ちゃん、新しい封筒、ちょうだい」

「あら、何でまた？」

「蠅を入れるんだ」

「蠅だって？　訳を言いなさい、訳を」

「蠅捕りコンクールがあって、捕った蠅を封筒に入れて出しなさいって、先生が言った。それでだよ」

「分かったわ。だけどどうして、コンクールなの？　先生、何て言ってた？」

「ばい菌を運ぶ蝿が、いなくなって欲しいからって言ってた」

「学校、分かっちゃないねぇ。元から絶たなきゃ、駄目なのよ。あのね、教えてあげる。蝿はね、一度に卵、百五十個ぐらい産むの。その卵、一日ほどで蛆になって、一週間後、蛹になって、更に一週間後、蝿になるの。

蝿は、二週間から一か月ほど生きていて、繁殖力が強いのよ。一生のうち、五百個以上の卵を産むのもいるそうよ。だから、元を絶たなきゃ駄目、減らないよ。

母ちゃん、蛆をうんと掬ってくるから、それを持って、お行き。先生たち、なるほどって、特別賞、くれるよ」

「やだよ、そんなこと。あだ名が蛆になっちゃうもん。僕、表彰されたいから、母ちゃん、手伝ってよ」

「分かった、協力するよ。持って行く前の日、母ちゃんに、ついて来な」

自信ありげに言った。

その日、母は封筒と蝿叩きと割り箸を手にして、豊島園（注・遊園地）の壁と石神井川が交差する所にある、塵捨て場に私を連れて行った。そして、封筒が膨れるほど捕った。母のお蔭で、三等と書かれた表彰状を貰った。

担任は、賞品の鉛筆をくれる時「あなたの家、蝿が、たくさんいたのね」と、冗談ぽく言った。そのことを母に伝えると、

「えっ、そんなこと言ったの？　で、何て返事した？」

「塵捨て場って言えないから『はい、そうです』って、嘘ついた」

「やだね、この子ったら。他に言いようが、あっただろう。隣近所の塵箱とか。母ちゃん、恥ずかしくって、学校行けないよ」

その頃の母はＰＴＡの役員で、頻繁に学校へ行っていた。


高校一年生時、中学のクラス会で「鳩ノ巣渓谷（注・東京都奥多摩町）」に行った。その時、手負いのカラスが、蹲っていた。このままでは餓死する。そこで、皆に知られないよう、ナップサックに入れ、持ち帰った。すると父は「捨ててこい」と厳命。祖母と母が取り成し、飼えることになった。

翌日、小屋を作ろうと急ぎ帰宅すると、母が作った、杉板で三方を囲い、正面は金網の小屋が、軒の下にあった。中には、雨除け用として、不用になった犬小屋が隅に置いてあり、栗の枝の止まり木、掃除しやすいように枯葉を敷き詰めてあった。だが、屋根がない。理由を問うと、飛べないからと言い、その後、

「お父さん、反対したの、カラスに感けて、勉強が疎かになる、それを心配してだよ。成績が、もっと下がったら、母ちゃんの責任になっちゃう。手がすぐ出る人だから、分かってるね。それと、母ちゃん、あんたの成績が悪くて、父兄会の時に大恥かいたこと、憶えてるだろう。またたったら、晩ご飯、抜きだよ」

冗談だと思ったが、やりかねないとも思った。

二年経った高三時の期末試験の朝、カラスが小屋にいない。野良猫の仕業かと思い、あちこち探したが、形跡は見当たらない。私の行動に父が「今日は試験日だろう。カラスなんか、ほっといて、早く行け。ひどい点取ったら、承知

しないぞ」と、鬼の形相。

試験中、頭の中はカラスばかり、ましてや、大の苦手の物理と数Ⅲ、赤座布団（注・落第点）間違いなしと思った。父の怒る顔が過り、憂鬱な気分で帰宅した。ところが、吹っ飛んだ。カラスが、つぶらな瞳で待っていたので。戻ってきたのは帰巣本能、それだと信じ、改めて屋根は作らないでいた。だが、甘かった。母は、私を慰めた。

「面倒見が良かったから、生まれ育った故郷に帰れたのよ、喜んであげなきゃ。いつか、良い所に連れてってくれるよ。浦島太郎は竜宮城だったけど、あんたは何処かねえ？　お土産は『頭の良くなる本』だと良いね」

学生時代、九州から来ていた、一学年下の娘に、ちょっかい出して、騒ぎになった。母は、彼女に平謝りに謝った。

ここまで来た時、読経の終わりが近い『願わくば　この功徳を持って　あまねく一切に及ぼし　われらと衆生と皆ともに仏道を成ぜん』になった。これにより、追憶もここまで。

母が、旅立てるよう祈る初七日、次の生を迎える準備を整える四十九日。再審を受ける、百か日を済ませ、再び審判を受ける一周忌も、一か月ほど前に済ませた。祖父母と両親の位牌も長兄に引き渡した。後は、春秋の彼岸の墓参だけである。

一周忌をすませ、ほっとしての一週間後、思いも寄らぬ、招待状が「緑の園病院」と、敷地を同じくする教会から届いた。ここ一年間で、教会関係者、病院、養護施設で逝去した人の昇天記念日を催すとの内容の。

キリスト教に疎い私、昇天記念日とは何だろう？　それを知りに知識者を訪問した。そして知ったのは、

「昇天記念日のミサは、死後一年目の命日に行われ、魂の安息を祈ること。キリスト教では、信者が死んだ後の行き先は天国（パラダイス）で、イエス・キリストと共にいる。また、日にちは決められていないが、終わりの日というの

がある。

その日は、最後の審判の日と呼ばれ、イエス・キリストが再臨し、すべての人々を裁く。これにより、信者は永遠の命を得て、新しい天と新しい地に住むことになる」


このことを知り、欠席することにした。

何処の国であっても、死者が向かうのは幸福なる地であると思われる。その地が、仏教では極楽浄土であり、キリスト教では天国。

日本の法律では、後に作成した遺言が有効である。これに当てはめれば、寺での一周忌の後に、昇天記念のミサに出席したなら、母は天国に行かざるを得ない。夫や両親、親戚、多くの知人と別離となる。母は望まないと、思って。

すると、すぐ、頭の中で母の声がした。

「あのね、日本の法律は、そうかもしれないけど、死後の世界には法律なんてないんだよ。そんなこと知らないなんて、相変わらずだねえ。それと、妄想に耽ったこと、実行するの、馬鹿げているよ。

私、クリスチャンの友達、大勢いるの。ここ極楽浄土に来た時、もう逢えないと諦めていたけど、あんたが、ミサに出席したら、天国にも行ける、皆と再会できる。

半年か一年、楽しく過ごしたら、また戻ってきて、蓮の花咲く池の辺で食べたり、飲んだり、喋ったり　歌ったり、フォーク・ダンスしたりするの。

この世では、死がないから、母ちゃん、行ったり来たり、ずっとするよ。本当に嬉しいよ。こんな幸せな人、そんなにいないよ。だから、必ず行くんだよ。最後の、母ちゃん孝行、頼むよ」

ミサの当日、早めに家を出て、長きに亘り世話になった、看護科長と介護師の若村さんに挨拶し、教会の門をくぐった。

神父の祈禱を目にし、説教を聞き、聖歌を聴いての帰路、

「俺、死んだら天国へ行こう。そうすれば、母ちゃん、俺ん家に長逗留できる。そうしている間、やんちゃした時に庇ってくれた、婆ちゃんや、俺より先に逝った友の今を聞ける。四人兄姉のうち、一人ぐらい、天国を選んでも、祖先

は咎めないだろう」

この決意を妻に話せば、恐らくこう言うだろう。

「何処に行こうが、あなたの勝手よ。『あの世でも、君と一緒だよ。もちろんよ、あなた』と、どの夫婦も言うけど、でも私は……ごめんね」と。

著者プロフィール

野路 ゆたか（のじ ゆたか）

本名：本吉《もとよし》鐵《てつ》男《お》

1943年 東京都荒川区生まれ。東京都練馬区在住。

定年後、NHK文化センター エッセイ教室に約５年間通う。

趣味：三曲（三弦、箏、尺八）合奏、欧州及び日本の歌曲、ハイネの詩集『歌の本』の鑑賞。

風の武蔵野

2025年２月15日　初版第１刷発行

著　者　野路 ゆたか
発行者　瓜谷 綱延
発行所　株式会社文芸社
〒160-0022　東京都新宿区新宿１－10－１
電話　03-5369-3060（代表）
03-5369-2299（販売）

印　刷　株式会社文芸社
製本所　株式会社MOTOMURA

ISBN978-4-286-26176-8